Ignaz Aurelius Fessler

Was ist der Kaiser?

Ignaz Aurelius Fessler
Was ist der Kaiser?
ISBN/EAN: 9783744609883

Hergestellt in Europa, USA, Kanada, Australien, Japan

Cover: Foto ©Andreas Hilbeck / pixelio.de

Weitere Bücher finden Sie auf **www.hansebooks.com**

Was ist der Kaiser?

Verfaßt
von einem
Kapuziner-Mönch.

Herausgegeben
von
Feßler.

Alles dieses haben schon andere vor mir erläutert. Weil ich aber ihre Erläuterung nicht verwerfe, sondern mit möglichstem Beyfall annehme; so trage ich nur die Gesinnungen anderer vor. Und ohne mich um den Vorzug eines Erfinders zu bekümmern, wiederhohle ich das Erfundene: damit es mir sowohl als euch nütze, wenn anderst der Wille geneigt ist, das, was ich sagen werde, zu vernehmen. Origenes Hom. super Jerem. Cap. 12.

Erstes Stück.

Wien,
Bey Johann Georg Weingand.
1782.

Der Kaiser! — Man höret jetzt nichts öfters, als der Kaiser. — Der Höfling, der Krieger, der Bürgersmann, der Priester, der Mönch, ja sogar der liebe Landsmann ruffet bey seinem Pfluge, der Kaiser! — Nun, was ist aber der Kaiser? Ich versuche es, diese nicht weniger wichtige Frage, als: Was ist der Pabst? Was ist der Bischof? 2c. zu beantworten. Der Stoff meiner Beantwortung ist hier nicht der römische Kaiser, in dem eingeschränkten Verstande,

sondern jedweder christliche Landesfürst, dem der Stifter der Gesellschaft das Steuerruder des Staates anvertrauet hat. Weiche ich von den fast allgemeinen Begriffen, oder deutlicher zu sagen, von den fast allgemeinen Vorurtheilen ab, so ist es mir um so viel mehr zu verzeihen, um wie viel grösser das Ansehen derjenigen ist, die ich zur Bürgschaft für die Wahrheit meiner Antwort anführe. Der Höfling mag seinen Landesfürsten immer als den Beförderer seines Glückes anbeten; der Krieger ihn als den Belohner seiner Tapferkeit verehren; der Bürgersmann als seinen Schützer und Vertheidiger lieben. Sey er dem

Priester ein Beherrscher seiner Staaten; dem Mönch, sowohl in zeitlichen als geistlichen Dingen, ein sklavischer Unterthan des römischen Hofes; dem Landmanne, das, für was er ihn gemäß der, ihm irgendwo von einem Ignoranten, oder bey ihm terminirenden Betz= telmönch eingeflößten Grundsätzen halten muß. Die Verschieden= heit aller dieser Begriffe hindert mich nicht, zu zeigen, was der Kaiser und jedweder christlicher Landesfürst dem rechtschaffenen Christen seyn müsse. Die Lehren und Beyspiele der heil. Väter müssen die Richtschnur unserer Denkungsarte seyn; wenn wir Christen seyn wollen. Wir wer=

den nicht irre gehen, wenn wir den Kaiser für denjenigen ansehen, für welchen ihn die Väter mit dem ganzen verehrungswürdigen Alterthume angesehen haben.

Was ist der Kaiser?

Erstes Hauptstück.
Er ist ein gehorsamer Sohn der Kirche in geistlichen Dingen.

1.

Die Kirche hat den christlichen Landesfürsten, so wie jeden Christen, durch das Sakrament der Tauf Christo gebohren: folglich ist er ein Sohn der Kirche, und ist ihr einen kindlichen Gehorsam schuldig in allem, was unter ihre mütterliche Macht rechtmäßig gehört. Gleichwie aber die in dem Reiche Jesu Christi leitende Macht keine andere ist, als jene war,

war, welche der unter uns wandelnde Stifter dieses Reiches auf Erden ausgeübet; nämlich: eine pur geistliche, welche sich dann über nichts anderes, als über den Glauben, Geheimnisse, und Gebote Gottes erstrecken kann. Eben so ist der Landesfürst der Kirche in nichts anderem, als nur in diesen drey Stücken, und was von selben wesentlich abhanget, Gehorsam und Unterthänigkeit zu leisten verpflichtet. Wir finden in den Jahrbüchern des Christenthums kein Beyspiel, daß die Vorsteher der Kirche in den ersteren und glückseligeren Zeiten mit Uiberschreitung der ihrer Macht von Christo selbst gesetzten Gränzen in etwas anderem von den gekrönten Häuptern Gehorsam gefodert hätten, als nur in Dingen, die mit dem Glauben und Erlangung der ewigen Seligkeit wesentlich verbunden waren. Es vergassen auch dießfalls fromme und gottselige Fürsten niemals ihre Pflicht, sie schätzten selbe hoch, und brachten sie auf das emsigste in Erfüllung. Sie zeigten sich das, was sie waren, nämlich: gehorsame Söhne der Kirche in geistlichen Dingen. Es ist unnöthig, so eine allgemeine Wahrheit, an der kein Vernünftiger zweifelt, mit vielen Zeugnissen und Beyspielen festzusetzen.

Zwey=

Zweytes Hauptstück.
Der Landesfürst ist der unmittelbar von Gott eingesetzte Beherrscher zeitlicher Dinge.

2.

Was die heilige Schrift, und die zuverläßigste Ausleger derselben, die heilige Väter, einhellig behaupten, muß dem Christen heilig seyn; da muß er seinen Verstand unterwerfen, und so eine Wahrheit in dem Geiste der Demuth als untrüglich annehmen. Da es denn sowohl in der heiligen Schrift, als auch bey den heiligen Vätern eine allgemeine und ungezweifelte Wahrheit ist; daß die landesfürstliche Macht unmittelbar von Gott ihren Ursprung habe; welcher Christ wird sich weigern, in seinem Landesfürsten, den unmittelbar von Gott eingesetzten Beherrscher, zu verehren?

3. Nero war ein Tyrann, ein Anbeter des Lasters, ein Schänder der Menschlichkeit; er lebte und herrschte nur, um Böses zu thun, als Paulus zu den Römern schrieb.*) Jede Seele sey den höheren

---
*) Hauptst. 13. ✝. 1. 2. 3.

ren Mächten unterworfen; denn es ist keine Macht, als von Gott; welche Mächte aber vorhanden sind, sind von Gott angeordnet, folglich auch die Macht des Nero, wer also der höheren Macht widerstehet, widerstrebet der Anordnung Gottes. Er nennet den gottlosen Fürsten einen Amtsträger Gottes dem Unterthan zum Guten. Und wiederum einen Amtsträger Gottes, zur Rache und Zorn demjenigen, der Böses thut. Er bittet den Timotheus *) für die Könige, und für alle, welche im hohen Stand der Obrigkeit sind, die damals alle Heiden und geschworne Feinde des Christenthums waren, zu beten. Die Bewegursache, so er anführet, ist: Weil! dieses gut und angenehm ist vor Gott unserem Heilande.

4. Auf diese Lehre des Apostels sahe der heil. Irenäus hin, als er schrieb: **) Zum Nutzen der Völker ist das irdische Reich von Gott gesetzet worden, damit sie sich, durch die Furcht der menschlichen Macht zurückgehalten, nicht gleich den Fischen aufzehren, sondern

durch

---

*) 1. Sendschr. Hauptst. 2. V. 1. 2.
**) Lib. 5. contra Hæres. Cap. 24.

durch heilsame Gesetze, der Ungerechtigkeit der Völker Einhalt gethan werde. Diesem Endzweck gemäß sind sie (die Landesfürsten) Amtsträger Gottes, die diesen Dienst leisten, und von uns die gebührende Schatzung fodern. — Auf dessen allerhöchstes Geheiß die Menschen gebohren werden, auf dessen allerhöchstes Geheiß werden auch die Könige gesetzet.

5. Die Schutzschrift, welche Tertullian für die des Ungehorsams und der Aufruhr wider die Kaiser angeklagte Christen verfasset, und im Jahre 202 den Staatshaltern eingereichet hat, ist voll der Zeugnisse von den Gesinnungen, welche die Christen in dem zweyten und dritten Jahrhunderte von dem Ursprunge der landesfürstlichen Macht hegten. Sehet, (so redet dieser berühmte Priester der afrikanischen Kirche *). Ob nicht jener die Königreiche vertheile, dem sowohl der Erdkreis, der beherrschet wird, als auch der Mensch, welcher herrschet, zugehörig ist? Ob nicht jener die Herrschaften in der Folge der Zeit angeordnet, der vor allen Anfang der Zeiten war? Ob

---

*) Apologiæ Cap. 26.

Ob nicht jener die Staaten entweder aufrichte, oder unterdrücke, unter welchem einstens das menschliche Geschlecht ohne Staaten bestund? Noch deutlicher drücket er sich weiter unten aus: *) Die Kaiser wissen, wer ihnen das Reich ertheilet hat, sie wissen, wer ihnen die Menschen, wer ihnen die Seelen unterworfen. Sie wissen, daß es Gott allein war, unter dessen Gewalt allein sie stehen. Von welchem sie die Zweyten, nach welchem sie die Ersten sind. Wir verehren, (fährt er fort: **) in den Kaisern das Urtheil Gottes, der sie den Völkern vorgesetzet. Wir wissen, daß sie das sind, was Gott wollte, das sie seyn sollen. Wir halten diese Anordnung für eine grosse Wohlthat.

6. In dieser Uiberzeugung schrieb er auch im Namen aller Christen an den afrikanischen Staathalter Skapula: ***) Der Christ ist niemand Feind, nicht einmal des Kaisers, denn er weis, daß der Kaiser von seinem Gott gesetzt werde,

---

*) Cap. 30.
**) Cap. 32.
***) Lib. ad Scap. Cap. 2.

 13

ße, deßwegen ist es auch nothwendig, daß er ihn liebe, förchte und verehre. — Wir verehren den Kaiser, wie es uns erlaubt, und ihm nützlich ist, als einen Menschen, der von Gott der Zweyte ist, der alles, was er ist, von Gott erhalten hat. Er ist über alle Menschen erhoben, und nur allein niedriger, als der wahre Gott.

7. So dachten die Christen in den ersteren Zeiten. Die nachfolgende Väter äusserten gleiche Gesinnungen. Wir wollen zur mehrerer Uiberzeugung nur noch den grossen Augustin hierüber vernehmen. Schreiben wir (spricht dieser heilige Bischof: *) die Macht, das Reich, und die Herrschaft zu vertheilen niemanden als dem wahren Gott zu, welcher die Glückseligkeit in dem Reiche der Himmeln nur allein den Frommen giebt, das irrdische Reich aber den Frommen und Gottlosen. Und gleich darauf: Eben jener, der das Reich dem August und dem gütigsten Vespasian verliehen hat, hat es auch dem Nero, und dem grausamsten Domitian überlassen. Und damit ich nicht alle durchgehe:
eben

---

*) Lib. 5. de Civit. Dei Cap. 25.

eben jener, der den chriſtlichen Konſtantin auf den Thron erhoben, duldete auf ſelben auch den abtrinnigen Julian.

8. Erſt in den ſpäteren Zeiten, wo man anfienge, den Geiſt des Chriſtenthums zu verkennen, und anſtatt der evangeliſchen Demuth und Unterthänigkeit gegen die Geſalbte des Herrn den Geiſt der Herrſchſucht und des Hochmuths in das Reich Jeſu Chriſti einzuführen, machte man den Fürſt der Finſterniſſe zum Urheber der landesfürſtlichen Gewalt. Man lehrete ganz zuverſichtlich: die Weltlichen, die Gott nicht kannten, wären die Erfinder der obrigkeitlichen Würde geweſen; jedermann wiſſe, daß Könige und Fürſten ihren Urſprung denjenigen zu verdanken hätten, welche ohne Erkenntniß Gottes, durch Hochmuth, Raub, Treuloſigkeit, Mord, und alle Laſter aus Antrieb des Teufels, als des Herrn der Welt über ihres gleichen, nämlich über die Menſchen zu herrſchen ſich beſtrebten. *)

9. Der

---

*) Gregor. VII. lib. 7. Epiſt. 21.

9. Der von der Lehre Jesu Christi und seiner Gesandten ganz durchdrungene Christ erschrickt und verabscheuet so eine gräuliche Irrlehre; er beharret standhaft darauf, daß alle Macht von Gott sey, folglich, **daß auch die landesfürstliche Macht von Gott gesetzet, und von ihm das Schwerd zur Rache des Bösen empfangen habe.** *) Daß es ein Werk der göttlichen Weisheit sey, daß andere herrschen, andere gehorchen, damit nicht alles unordentlich verwirret, und die Völker gleich den Meerwogen hin und her getrieben werden. **) Daß den Fürsten die Reiche nicht von ihren Vorfahren überlassen, sondern wirklich von Gott verliehen werden, welcher ausdrücklich durch den Mund des Weisen spricht: durch mich herrschen die Könige, und die Gesetzgeber verordnen, was gerecht ist. ***)

Drit-

---

*) S. Epiph. hæref. 40. n. 4.
**) S. Joann. Chrysost. Hom. 23. in Epist. ad Rom.
***) Synod. Parif. Anno 829. lib. 2. Cap. 29.

Drittes Hauptſtück.

Der Landesfürſt iſt unmittelbar von Gott geſetzet, über die Kirche Gottes zu wachen, ſie zu beſchützen, Mißbräuche und Unordnungen in Religionsſachen abzuſtellen, und auf die Beobachtung der heiligen Kirchenſatzungen zu dringen.

10.

Wer nur immer den beträchtlichſten Einfluß der Religion auf die Glückſeligkeit des Staates kennet, und zugleich betrachtet, mit welch ergiebigen Mitteln die Religion handzuhaben und zu befördern die Landesfürſten verſehen ſind, wird ſich ganz leicht von der Wahrheit meines Satzes überzeigen. Der Staat iſt glückſelig, wenn er mit guten Bürgern verſehen iſt; man kann aber kein guter Bürger ſeyn, ohne ein guter Chriſt zu ſeyn. — Der wahre Chriſt darf den ächten unverfälſchten Gottesdienſt, und die Reinigkeit der Sitten weder verkennen noch vernachläßigen. Die Nachläßigkeit in den Religionspflichten ziehet die Nachläßigkeit in den Pflichten eines guten Bürgers nothwendigerweiſe nach ſich. — Man wird ſeinem Vaterlande, ſeinem Landesfürſten, ſeinen Mitbür-

Bürgern nicht lange getreu verbleiben, wenn man gegen den Schöpfer und sich selbsten untreu ist; und man ist es, sobald man für den wahren Gottesdienst und die guten Sitten gleichgültig wird. — Mißbräuche, wenn sie auch nur die Kirchenzucht betreffen, können die größten Uibel in dem Staate anrichten. Das 11te 12te 13te und die nachfolgende Jahrhunderte, in welchen die heilige Zucht der ersten Kirche fast gänzlich vergessen wurde, sind Bürge davor, daß die gute Ordnung und der Wohlstand eines Staates, in welchem die katholische Religion die herrschende ist, nothwendigerweise sinken müsse: wenn das Reich Jesu Christi, welches der Staat in seinem Schoße erhält, durch Mißbräuche verheeret wird. — Hätte man in dem 15ten Jahrhunderte mehr Fleiß und Ernst zur Abstellung der Mißbräuche, und Wiederherstellung der alten Kirchenzucht angewandt, würde man heut zu Tage die noch immer fortdaurende Unruhen und Unheile, welche die damals ohne Beruf und Sendung entstandene Reformierer in der Kirche und dem Staate verursachet haben, nicht mehr beseufzen dürfen. — Das gemeine Volk richtet sich nach den Beyspielen ihrer Vorsteher, absonderlich der Geistlichen. Sind diese in ihren Pflichten hinläßig, so werden sie ent-

B weder

weder aus Furcht bitterer Vorwürfe das Volk zu ihren Pflichten nicht anhalten, oder wenn sie es auch thun, wenig fruchten. Es wird also der gemeine Landmann seine Pflichten eben so leicht und ungescheuet übertretten, als frey er selbe seinen Seelsorger überschreiten sieht. Aus diesen allgemeinen Grundsätzen entstehet folgender ungezweifelter Satz: Weil der Landesfürst unmittelbar von Gott zur Erhaltung der Glückseligkeit des Staates gesetzet ist, so ist er auch unmittelbar von Gott zur Aufrechthaltung der Religion in dem Staate, ohne welcher jene nicht mag erhalten werden, gesetzet: und weil das Recht zu dem Endzweck mit dem Recht zu den Mitteln unzertrennlich verbunden ist, so stehet ihm auch die Macht zu, all jenes entweder zu verordnen oder abzustellen, was den Wohlstand der Religion entweder befördert, oder zu Grunde richtet.

11. Zur vollkommener Aufklärung dessen, was ich bisher gemeldet, will ich auch einige Zeugnisse der heiligen Väter anführen, welche die Erhaltung des Wohlstandes der Kirche den christlichen Fürsten sogar zur Pflicht angerechnet. Hiermit, (spricht der heil. Augustin: *) dienen die Könige
Gott

---
*) Lib. 3. etra Cresc. Cap. 51. Tom. 9. pag. 464.

Gott, in soweit sie Könige sind, wie es ihnen Gott befiehlt: wenn sie in ihren Staaten das Gute gebieten, das Böse verbieten, nicht nur, was der menschlichen Gesellschaft, sondern auch der Religion nützen oder schaden kann. Welcher vernünftige Mensch, spricht der heilige Bischof an einem andern Orte: *) wird den Königen sagen: Bekümmert euch nicht, von wem die Kirche eures Herrn in euren Staaten erhalten, oder angestritten wird. Was liegt euch daran, ob jemand in eurem Reiche tugendhaft, oder ein Gottesräuber sey? Gleichwie man ihnen nicht sagen darf: Was gehet es euch an, ob jemand in eurem Reiche der Enthaltsamkeit oder der Unzucht ergeben sey; eben so darf man sie auch nicht zur Gleichgültigkeit gegen den Wohlstand der Kirche anreizen.

12. Merkwürdig sind die Worte, mit welchen der heilige Pabst Leo der Grosse, den Kaiser Leo zu dieser seiner Pflicht aneifert: Vergesse niemals, (spricht er: **) daß dir die königliche Gewalt nicht
nur

---

*) Epist. ad Bonifac. n. 19.
**) Epla 125. al. 75. ad Leon. Aug.

nur zur Beherrschung der Welt, sondern fürnemlich zum Schutze der Kirche anvertrauet worden ist, um durch die Unterdrückung und Bestrafung lasterhafter Unternehmungen sowohl die heilsame Verordnungen handzuhaben, als auch in den Dingen, wo Verwirrungen und Unruhen entstanden sind, den wahren Frieden wieder herzustellen.

13. Mit gleicher Kraft und Stärke bestättiget diese Lehre der heil. Isidor, Bischof von Sevilien: *) Es herrschen die Fürsten der Welt in der Kirche, damit sie mit ihrer Gewalt die Kirchenzucht aufrecht erhalten. Im übrigen wäre in der Kirche keine weltliche Obergewalt nöthig, als nur damit die weltliche Macht jenes mit aller Schärfe der Züchtigung gebiete, was der Priester durch den Vortrag der Lehre auszuwirken nicht vermag. Gar oft nimmt das himmlische Reich durch die Hülfleistung des irrdischen Reiches zu, wenn nämlich jene, die in dem Schoose der Kirche wider den Glauben und die Zucht derselben handeln, durch die Strenge der Fürsten ge-

---

*) Lib. de summo bono Cap. 53.

gebändiget werden, und selbst die Zucht, welche die Kirche zu ihrem Nutzen werkstellig zu machen zu schwach ist, von der fürstlichen Gewalt dem Nacken der Halßstarrigen aufgebürdet wird, und durch eben diese Macht ein größeres Ansehen erhält. Es sollen also die Fürsten der Welt wissen, daß sie einst wegen der Kirche, welche sie von Christo zu beschützen übernommen haben, Gott Rechenschaft geben müssen. Denn der Friede und die Zucht der Kirche mag durch die gläubigen Fürsten befördert oder verwüstet werden, so wird jener von ihnen Rechenschaft fordern, der seine Kirche ihrer Gewalt anvertrauet hat.

14. Die zu Paris im Jahre 829. versammelten Väter fanden keine nachdrücklichern Worte, Ludwig dem Frommen diese seine Pflichten einzuschärfen, als eben die erst angeführten des heiligen Bischofs. Und sie überzeigen uns, so wie die angezogenen Stellen der heiligen Augustin und Leo, daß die Landesfürsten nicht nur befugt sind für den Wohlstand der Kirche zu sorgen, sondern auch daß sie dieses Recht nicht etwa von einem Pabst, sondern unmittelbar von Gott empfangen haben, der

sie einst über die getreue Ausübung desselben zur strengsten Verantwortung ziehen wird. Darum war auch dieses Recht und Pflicht den Kaisern und Königen älterer Zeiten so heilig, daß sie in genauer Erfüllung derselben Ruhm suchten, und fast in allen ihren die Geistlichkeit betreffenden Gesetzen davon Meldung machten.

15. Vor allen befleissen wir uns (schreibt der Kaiser Theodosius an die heilige allgemeine Versammlung zu Ephesus*) daß der Zustand der Kirche so bestellet seye, wie es sich vor Gott geziemet, und für die Beschaffenheit unserer Zeiten angemessen ist, nemlich: daß sowohl die Kirche durch die Einhelligkeit und allgemeine Uebereinstimmung von jeder Unruhe und Zwietracht entfernet, den gewünschten Frieden erhalte, und die christliche Gesellschaft von allem Vorwurf und Beschuldigung frey verbleibe, als auch daß die Sitten der Geistlichkeit und höhern Priesterschaft von allem Tadel oder Mangel rein befunden werde.

16.

---

*) Con. Eph. part. 1. Cap. 32.

16, Der fromme Kaiſer Juſtinian rühmet ſich dieſer Pflicht mit Ausdrücken, die von ſeinem Eifer in Erfüllung derſelben keinen Zweifel übrig laſſen. Es war jederzeit (ſpricht er *) unſere wichtigſte Sorge, das Alterthum unverletzt zu erhalten, abſonderlich die ältere Zucht, von der wir niemals abgewichen, ſondern die wir vielmehr erneuert haben, ſo oft nur über die geiſtlichen Angelegenheiten, die ſchon lange vorher durch die Verordnungen der Väter auf Eingebung Gottes entſchieden worden ſind, ein Zweifel entſtanden iſt. ——— Wir ſind die Beſchützer und Rächer des Alterthums. Es ſoll auch unſere Rache jenen nicht ausbleiben, die ſich erfrechen, entweder durch ehrgeizigen Stolz, oder durch erſchlichene Anmaßungen der alten Zucht zuwider zu handeln: denn es ſchändet jener die Gottheit, der die Verordnungen der heiligen Väter zu verachten oder zu verletzen ſich unterfanget. Mit nicht geringerm Nachdrucke erkläret er ſich hierüber an einem andern Orte: **) Wenn wir allen Fleiß anwenden, daß die bürgerlichen Geſetze, über

---

*) Juſſio Juſtin. pro privil. Conc. Byzaceni.
**) Novell. 137. in præf. & Cap. I. circa finem.

über die uns Gott aus seiner Güte gegen die Menschen alle Gewalt anvertrauet hat, von allen auf das emsigste zum Nutzen der Gehorsamen beobachtet werden; wie viel mehr Sorgfalt müssen wir für die Erfüllung der göttlichen Gesetze und der heiligen Kirchensatzungen, die zu unserm Seelenheil sind verfasset worden, anwenden? Und wenn wir die Uebertretter der weltlichen Gesetze auf das strengste bestrafen, werden wir wohl die Verachtung desjenigen, was die heiligen Apostel und Väter zum Heil aller Menschen verordnet, ungestraft lassen? So dachte Justinian, und lange noch vor ihm nannte sich Konstantin der Große einen von Gott gesetzten Bischof der Kirche in äußerlichen Dingen. *) Ohngeachtet aller Lobsprüche und Ehrentiteln, die sich Karl der Große durch seine noch größere Thaten erworben, gab er sich selbst den herrlichsten, da er sich einen demüthigen Mithelfer der katholischen Kirche, einen Sohn und Beschützer der heiligen Kirche Gottes nannte. **) Wie sehr nach diesem auch unser Großer Joseph geize, zeigt sein unermü-
be-

---

*) Euseb. de vita Constant. l. 4. Cap. 24.
**) Tom. III. Concil. pag. 247.

deter Eifer und weiseste Unternehmungen, durch welche er sich sowohl in dem getrosten Herze des rechtschaffenen Christen, als auch in den Jahrbüchern der Religion unsterblich macht.

17. Nicht nur gottselige Fürsten und einzelne Väter, sondern auch ganze Versammlungen begünstigen diese Lehre Der brennende Eifer, welchen Kaiser Marzian für die Erhaltung des Glaubens und der Kirchenzucht bezeigte, bewog die zu Chalzedo versammelten Väter auszurufen: Es lebe der rechtgläubige fromme Kaiser, der Kaiser und zugleich auch hohe Priester! *) Dem höchsten Priester dem Kaiser, viele Jahre! dem Marzian, dem neuen Konstantin, dem neuen Paulus, dem neuen David, viele Jahre! Du hast den wahren Glauben befestiget, Du glaubst wie die Aposteln glaubten! **)

18. Kurz aber sehr bündig entdecken hierüber auch die Väter der allgemeinen Versammlung zu Konstantinopel ihre Gesinnungen, da sie den Kaiser folgendermaßen

---

*) Conc. Chalced. Act. 1.
**) Act. 6.

fen anreden: *) Weil du von der Hand Gottes, der alles erschaffen, und erhält, die oberherrliche Macht empfangen, so ertheile deine Güte durch deinen Eifer für den Glauben, das Zeugniß deiner Dankbarkeit gegen den Herrn, der dich über sein Volk zu herrschen auserwählet hat. ——— Ihr herrschet durch Christum, und Christus ertheilet durch euch seiner Kirche den Frieden. Durch die Macht, die er den Regenten verliehen, alle Handlungen so einige Beziehung auf den Wohlstand der Kirche haben, durch ihre Gesetze zu bestimmen und anzuordnen.

19. Betrachten wir zu diesem noch die Ausdrücke der Väter, mit welchen sie von dem Fürsten die Bestättigung ihrer Verordnungen und Entscheidungen erbitten; so werden wir bemerken, wie sehr die heiligen Vorsteher der Kirche in den 7ten Jahrhunderte von einer Wahrheit überzeugt waren, die wir entweder aus Unwissenheit, und den aus dieser entspringenden Vorurtheilen, oder aus herrschendem Hange zur Unabhängigkeit heut zu Tage kaum mehr dulden wollen. Gütigster Herr (sprechen sie) und Verehrer der Gerechtigkeit, er-

---

*) Conc. Const. III. Sess. 18. serm. prosphon.

erzeige dich gegen jenen, der dir alle Macht und Gewalt ertheilet, hiemit dankbar; daß du uns in Ansehung alles dessen, was wir abgehandlet, ein Zeichen deines Beyfalls, deine kaiserliche Gutheißung ertheilest, und unsern Entscheidungen durch deine Verordnung die nöthige Kraft und Stärke gebest, damit niemand unserm Endurtheile zu widersprechen, oder neue Streitigkeiten zu erregen sich getraue. Gewiß, wenn die auf die gute Ordnung und Wohlstand der Religion sich beziehende Handlungen der geistlichen Macht der Obsorge der Landesfürsten als Beschützern der Kirche nicht unterliegen; wäre dieses Betragen der zu Konstantinopel versammelten Väter gegen den Kaiser nicht nur fruchtlos und unnütz, sondern sogar für die geistliche Macht sehr erniedrigend gewesen. Es würde sich auch die 8te allgemeine Versammlung ziemlich verfehlet haben, da die Väter daselbst das Sendschreiben des Kaisers Basilius in der öffentlichen Versammlung vorgelesen, und gutgeheissen; ohngeachtet er sich darinn ausdrücklich dieses Recht beymesset, und als einen wesentlichen Theil seiner Gewalt erkläret. *)

20.

*) Conc. Constant. IV. sess. 1.

20. Die Weise, auf welche die Landesfürsten dieß ihr Recht jederzeit ausgeübet, zeiget noch klärer die Wirklichkeit und Billigkeit desselben. Sie sandten geschickte und unpartheyische Männer in die ihrer Gewalt unterworfenen Provinzen, mit dem Auftrage, die Handlungen der Bischöfe, der Aebte, der Mönche, seye es auch, daß sie die innere Zucht betraffen; die Handlungen der Aebtissinen und Gott geweihten Jungfrauen zu untersuchen, und im Falle, daß etwas der guten Ordnung, der Reinigkeit der Zucht, und den Kirchensatzungen Zuwidriges vorkäme, selbes dem Landesfürsten zu berichten. *) Dieß sind die Punkten (spricht Ludwig der Fromme, König in Frankreich **) über die wir unseren Abgeordneten die emsigste Untersuchung anempfehlen. Erstens in Betreff der Bischöfe, wie sie ihre Amtspflichten erfüllen; wie ihr Lebenswandel beschaffen seye; wie sie ihre Kirchen verwalten, und ihre Geistlichkeit in der Zucht erhalten; hernach: wie ihre Mitarbeiter, nemlich die Chorbischöfe, Erzpriester, Erzdiakonen, und dann auch

---

*) Flodoard. Hist. Rem. l. 2. c. 18.
**) Baluz. Capit. Reg. Franc. bey Petr. de Marc. lib. 4. c. 7. n. 6.

auch die Seelsorge durch die Pfarreyen bestellet sey; gleichermassen sollen sie untersuchen, wie in allen Klöstern die ordentliche Zucht beobachtet werde ꝛc. *) Man list nirgends, daß sich entweder die Bischöfe oder die Mönche wider diese Anordnungen ihrer frommen Fürsten jemals beschweret hätten.

21. Vergienge sich bisweilen die geistliche Macht in ihren Urtheilen oder Bestrafungen wider die heiligen Kirchenverordnungen; so stund es dem gedrückten und leidenden Theile frey, zu dem **Bischof der Kirche in äusserlichen Dingen**, zu dem Beschützer der Kirchensatzungen, ich will sagen, zu dem Landesfürsten, Zuflucht zu nehmen: dieser verbot die Vollziehung des, entweder von der Provinzialversammlung, Metropolitan, oder von dem Pabste gefaßten Urtheils, und bestimmte einige sowohl geistliche als weltliche Personen, so die Streitsache von neuem untersuchten, und selbe nach Vorschrift der heiligen Kirchensatzungen endigen mußten. **)

22.

---

*) Pithou Probat. lib. Eccl. Gall. Cap. 35. Feuvret de Abusu. lib. I. C. 5.
**) Van Espen. Part. VI. Tract. de Recurs. ad Principi. Cap. 1. §. 4. 6. 7. Petr. de Marc. lib. IV. cap. 1. & seqq. Natal. Alex. Tom. IV. Hist. Eccl. Diss. 24. in Sæc. IV.

22. Oefters geschahe es, daß durch die schändlichsten Intriguen verschiedene Gnadenbezeugungen, Freyheiten und Befehle von dem römischen Hofe zum größten Nachtheil der Kirchengesetze erschlichen wurden. Die Landesfürsten untersagten die Vollziehung dergleichen Gnaden- und Freyheitsbriefe, ohne daß sie jemals mit Grunde einiges Mißbrauchs ihrer Macht wären beschuldiget worden. *)

23. Die Versammlungen der Bischöfe wurden jederzeit für das zuträglichste Mittel gehalten, die Kirchenzucht in ihrem Wohlstande entweder zu erhalten, oder zu erneuern. Die Landesfürsten bedienten sich desselben sehr oft mit dem besten Erfolge, absonderlich in dem 7ten und 8ten Jahrhunderte. Ließ es auch das Schicksal der Zeiten oder andere Umstände nicht zu, die Vorsteher der Kirche zu versammlen, so machten sie Verordnungen kundbar, die ergiebig waren, dem Uebel abzuhelfen, die Mißbräuche zu vertilgen, und die gute Ordnung wieder herzustellen. Dergleichen Gesetze findet man in nicht geringer Zahl in dem Codice und Novellen der griechischen Kaiser, wie auch in den Kapitularien,

---

*) Petr. de Marc. lib. IV. c. 6.

rien, die alle Zeugniß geben von dem großen Eifer ihrer Verfasser in Behauptung ihres souverainen Rechts, die Kirchenzucht durch weise Gesetze und Verfügungen zu unterstützen und zu erneuern.

24. Der berühmte Kardinal Nikolaus von Kusa erläutert diese Lehre mit Anmerkungen, die seiner Gelehrsamkeit Ehre machen. Nachdem er verschiedene neue Gesetze, so die Päbste späterer Zeiten in der Absicht verfasset haben, die weltliche Fürsten in allen sowohl geistlichen als zeitlichen Angelegenheiten sich gänzlich zu unterwerfen, angeführet, und die daraus entstandenen Ausschweifungen angezeiget, fährt er folgendermaßen fort: *) Weil die Satzungen der heiligen Väter es nicht so verordnet haben, und die Erfahrung bewiesen hat, wie viel Uebels hieraus dem Staate zugewachsen, so muß dieß auf alle mögliche Art verbessert werden. Kein vernünftiger Mensch kann behaupten, daß fromme Kaiser, die zu dem allgemeinen Besten in Ansehung der Bischofswahlen, Verleihung geistlicher Pfründen, und Erhaltung der klösterlichen Zucht viele geheiligte Verord=

---

*) Lib. III. de Concord. Cath. cap. 40.

ordnungen gemacht haben, die Gräñ-
zen ihrer Macht überschritten hätten;
wir lesen vielmehr, daß die römischen
Päbste sie öfters gebeten haben, dergleichen Verordnungen zur Beförde-
rung des Gottesdienstes, und des ge-
meinen Bestens, auch wider die Ausschweifenden unter der Geistlichkeit er-
gehen zu lassen. Wollte man etwan
behaupten, daß die Stärke aller dieser Verordnungen von der Gutheißung
des apostolischen Stuhls abhange, so
will ich darauf nicht bestehen; wiewohl
ich 86 Kapitularien in Kirchensachen
gelesen und gesammelt habe, welche hier
einzurücken, überflüßig seyn würde, und
viele andere Kapitularien von Karl
dem Großen und seinen Nachfolger.
Und dennoch habe ich nirgends gefunden, daß entweder der Pabst um seine
Genehmigung wäre ersuchet worden,
oder daß die Gesetze nur darum eine
verbindende Kraft erlanget hätten, weil
sie von dem Pabst gutgeheißen worden.
Wir lesen vielmehr, daß verschiedene
römische Päbste selbst eingestanden haben, daß sie dergleichen Gesetze vereh-
ten. Setzen wir nun, daß dergleichen
kaiserliche Verordnungen nicht anderst
gelten, als wenn man dergleichen Ver-
fü-

fügungen schon vorhin in den Kirchen=
satzungen findet; oder wenn sie in den
bischöflichen Versammlungen gutgeheis=
sen worden, wie man dieß aus der ge=
meinen Regel zu erweisen suchet: Die
Gesetze ahmen gern den Kirchensa=
tzungen nach, und im Konkurs ei=
nes Gesetzes, und einer Kirchensa=
tzung müsse in geistlichen Dingen
allzeit die Kirchensatzung vorgezo=
gen werden. So würde doch eine
Reformation, die man sodert, ohnfehl=
bar ihr vollkommenes Ansehen erhalten.
Bis hieher obbenannter Kardinal.

Viertes Hauptstück.

Der Landesfürst ist in der Ausü=
bung seiner Gewalt unabhängig von der
geistlichen Macht, und nur allein
Gott untergeordnet.

25.

Weil der Endzweck der geistlichen Macht
ganz allein die innerliche und ewige
Glückseligkeit des Christen ist; die landes=
fürstliche Gewalt aber die zeitliche Wohl=
fahrt, und die äusserliche Glückseligkeit des
Bür=

Bürgers zum Endzweck hat, weil die äusserliche Glückseligkeit mit der innerlichen nothwendigerweise nicht verbunden ist, so, daß eine ohne der anderen mag erreichet werden; so folget, daß jede dieser zwey Mächte, die landesfürstliche sowohl als die geistliche, in dem ihren Endzweck angemessenen Handlungen die höchste, und eine von der anderen unabhängig sey. Der Endzweck, zu welchen beede von Gott eingesetzet sind, bezeichnet die Gränzen, die weder die eine noch die andere, ohne die von Gott gesetzte Ordnung zu verwirren, überschreiten darf.

26. Diese Unabhängigkeit beyder Mächten sowohl, als die beyden gesetzte Schranken waren den heiligen Vätern nicht unbekannt. Hören wir nur, wie deutlich der heilige Pabst Gelasius hierüber spricht: *) Es sind zwey Dinge, großmächtigster Kaiser! wodurch diese Welt vorzüglich beherrschet wird, nemlich: das geheiligte Ansehen der hohen Priester, und die königliche Gewalt. Du selbst gnädigster Sohn, wiewohl du über das ganze menschliche Geschlecht an Würde erhoben bist, unterwirfst dich doch in
De-

---

*) Ep. 8. ad Anastas. Tom. 1. Conc. p. 1182.

Demuth den Vorstehern göttlicher Dinge, und verlangest von ihnen die Hülfsmittel des Heils. Du weist auch, daß du dich ihnen in Empfangung und Ausspendung der heiligen Sakramenten vielmehr unterwerfen, als gebieten müsseſt. Du weiſt, daß du dich in allen dieſen Dingen nach ihrem Urtheil zu verhalten habeſt: wenn hingegen ſelbſt die Vorſteher der Religion in allen, was die Staatsverfaſſung betrift, deinen Geſetzen unterthan ſind, weil ſie wiſſen, daß dir das Reich von Gott beſchieden iſt; mit welcher Bereitwilligkeit ſtehet es dir zu, jenen zu gehorſamen, die zur Verwaltung der allerheiligſten Geheimniſſe beſtimmet ſind.

27. Noch eine andere Stelle dieſes heiligen Pabſtes verdienet unſere Aufmerkſamkeit: Chriſtus (ſpricht er *) ingedenk der menſchlichen Gebrechlichkeit, damit er alles, was dem Heil der Seinigen erſprießlich iſt, durch ſeine herrliche Ausſpendung anordnete, unterſchied dergeſtalten die Rechte und Verrichtungen beyder Mächte, daß er jeder ihre beſondere Würde und eigentliche

*) Tract. de Anathem. Tom. IV. p. 1432.

Handlungen zugetheilet hat: da er gewolt, daß die Seinige durch eine heilsame Demuth erhalten, und nicht wiederum durch Hoffart gestürzet werden sollten. Damit einerseits die christliche Kaiser um des ewigen Lebenswillen die Bischöfe nöthig haben, und die Bischöfe hinwiederum um der zeitlichen Dinge Willen den kaiserlichen Gesetzen unterworfen seyn möchten: wie auch damit, in sofern jede geistliche Handlung von irdischen Versuchungen entfernet, folglich die Diener Gottes in keine weltliche Geschäfte verwickelt, hingegen aber diejenige von der Verwaltung göttlicher Dinge ausgeschlossen werden, welche mit weltlichen Geschäften beladen sind; die Bescheidenheit beyder Stände erhalten werde, und sich jener Theil, so mit beyden Würden allein begabet wäre, sich nicht erhebe.

28. Nikolaus der Erste bedienet sich fast eben der nemlichen Ausdrücke des heil. Gelasius, um diesen Unterschied beyder Mächte darzuthun; er leitet selben aus dem Wesen der christlichen Religion, und aus der Einsetzung Jesu Christi her. Es geschah zwar, (schreibt er an den griechischen

schen Kaiser Michael*) daß vor der Ankunft Christi vorbildsweise einige zugleich Könige und Priester waren. Nachdem aber der wahre König und Priester (Jesus Christus) erschienen, so hat fernershin weder der Kaiser nach den Gerechtsamen des hohen Priesterthums gegriffen, noch auch die Päbste nach der kaiserlichen Würde gestrebet: weil der nämliche Mittler zwischen Gott und Menschen Christus Jesus die Rechte beyder Mächte unterschieden, und jeder ihre besondere Würde und Handlungen angewiesen hat, da er gewollt, daß eines Theils die christliche Kaiser um des ewigen Lebenswillen die Bischöfe nöthig haben, und hinwiederum die Bischöfe um der zeitlichen Dinge willen, sich der kaiserlichen Gesetzen bedienen sollen.

29. Gleiche Gesinnungen äusserte der heilige Pabst Symmachus in seinem Sendschreiben an den Kaiser Anastasius **), Gregor der Zwente an Leo den Jsaurier***), Stephanus der Fünfte an den

Kaiser

---

*) Ep. 8. Tom. IX. Conc. p. 1344.
**) Tom. IV. Conc. p. 1298.
***) Baron. Tom. IX. ad Ann. 726. pag. 69.

Kaiser Basilius *) und mehrere andere, die ich Kürze halber übergehe.

30. Was ich bisher sowohl von den Gränzen der geistlichen und weltlichen Macht, als auch von der Unabhängigkeit der landesfürstlichen von der geistlichen vorgetragen, wird dadurch noch mehr bestättiget, daß Jesus Christus seiner Kirche alle weltliche Macht und Gewalt ausdrücklich verboten hat. Betrachte man nur die Absicht, in welcher der Sohn Gottes die Kirche eingesetzet hat. Wir finden in dem Evangelio nicht eine einzige Stelle, aus welcher sich erweisen liesse, daß die von ihme gestiftete Gesellschaft über Kaiser und Könige, über Reiche und Fürstenthümer herrschen und gebieten solle. Hingegen wie viele Gründe enthält dieses Buch des Lebens? aus welchem sich untrüglich schliessen läßt, daß das Reich Jesu Christi ein Reich des Geistes, ein Reich der Liebe, der Demuth, und der Geduld sey. Ein Reich, welches allein die Erkenntniß und Liebe Gottes, der Vereinigung des menschlichen Herzens mit diesem allerhöchsten Wesen, und endlich die ewige Glückseligkeit in dem Lande der Unsterblichkeit zum Endzweck hat, welchen zu erreichen

---

*) Tom. IX. Concil. pag. 366.

chen kein unschicklicheres Mittel könnte erdacht werden, als eine von der Kirche Gottes auszuübende ganz weltliche Gewalt und Herrschaft. Ihr wisset, (spricht unser göttlicher Lehrmeister zu den zukünftigen Verkündern seines Reichs: *) daß diejenige, welche unter den Heiden für Herren gehalten werden, über sie herrschen, und daß ihre Fürsten Macht über sie haben, aber unter euch soll es nicht also seyn; sondern wer unter euch will grösser werden, der soll euer Diener seyn, und wer unter euch der Erste werden will, der soll Aller ihr Knecht seyn. Dieses war Christo noch nicht genug, um alle Träume von einem ganz irrdischen Reiche in dem Gemüthe seiner Apostel zu zerstreuen, und alle Herrschbegierde aus ihrem Herze zu vertilgen. Er entdecket ihnen auch seine Absicht, zu welcher er selbst gekommen ist, und welcher sie durch ihre Nachfolgung gänzlich entsprechen müßten. Denn, fährt er fort, des Menschen Sohn ist auch nicht kommen, daß er ihm dienen lasse, sondern, daß er diene, und seine Seele zum Lösegeld für Viele gebe.

---

*) Marc. X. ℣. 42.

31. Was Christus mit so nachdrücklichen Worten lehrte, zeigte er auch mit seinem Beyspiele. Weit entfernt, eine weltliche Herrschaft auszuüben, bezeigte er sich vielmehr unterthänig gegen die weltliche Macht, als er *dem Kaiser zu geben befahl, was des Kaisers ist*; und sogar ein augenscheinliches Wunder wirkte, damit er den von ihm und seinen Jüngern verlangten Tribut entrichten könnte. *) Er weigerte sich einen Erbschiedsrichter zwischen zween Brüdern abzugeben, und als er wußte, daß das Volk komme, um ihn mit Gewalt zu ihren König zu machen, floh er auf einen Berg. **) Als er von seinen Feinden angeklagt wurde, daß er sich für einen König ausgab, und hierüber vom Pilatus befragt wurde; lehnte er zwar diese Würde von sich nicht ab, doch versicherte er, daß sein Reich kein Weltliches, noch von dieser Welt wäre, indem er nicht gesandt worden, ein irdisches Reich aufzurichten; sondern eine geistliche Gesellschaft zu stiften, und über die Herzen der Mitglieder derselben durch die Gnade zu herrschen. ***)

32.

---

*) Luc. XII. v. 14.
**) Joan. VI. v. 14.
***) Joan. XVIII. v. 36.

32. Der heilige Augustin rufet über diese von Christo dem Pilatus ertheilte Antwort folgendermaffen aus: *) Höret ihr Juden und Heiden! höret ihr, alle Könige der Erde! ich hindere euch nicht daran, in dieser Welt zu herrschen. Mein Reich ist nicht von dieser Welt. Laffet euch nicht von jener thörichten Furcht einnehmen, die Herodes dem Groffen bey der Nachricht von der Geburt Christi überfiel, und ihn dazu brachte, daß er so viele Kinder umbringen ließ, um den Heiland zu tödten. Es ware vielmehr die Furcht als der Zorn, so ihn grausam machte. Mein Reich, sagt er: ist nicht von dieser Welt. Was wollet ihr mehr? Kommet zu diesem König, der nicht von dieser Welt ist, nähert euch ihm durch den Glauben, und laffet euch nicht durch die Furcht zur Grausamkeit reizen. Es hat zwar der Prophet gesagt: Ich bin von ihm zum König über Sion seinen heiligen Berg gesetzt worden, aber dieses Sion, und dieser Berg ist nicht von dieser Welt. Denn, über wen ist er König, wenn er es nicht über diejenige ist, die an ihn glauben; zu welchen

---

*) Tract. CXV. in Joan. Cap. 18.

chen er sagt, so wie ich nicht von dieser Welt bin, so seyd ihr auch nicht von dieser Welt.

33. Ist nun das Reich Jesu Christi nicht von dieser Welt, wie es aus oben angeführter Lehre und Beyspielen des Erlösers erhellet; hindert dieses ganz göttliche und geistliche Reich die Könige der Erde nicht im geringsten, in dieser Welt zu herrschen; ist ihre Macht von allen Eingriffen und Nachtheile gesichert; so folget klar, daß der Kirche Gottes alle zeitliche Macht und Herrschaft von ihrem Stifter versagt und verboten sey; daß sie keine Macht habe, zeitliche Angelegenheiten der Könige und Fürsten zu richten, oder Reiche und Kronen zu vertheilen. Und eben dieses ist, was **Bernardus** mit bewundernswürdiger Herzhaftigkeit an den Pabst **Eugenius den Dritten** schreibt, zu einer Zeit, in welcher die herrschsichtige Maximen des trügerischen **Isidors** schon allgemein angenommen, und an die Stelle der evangelischen Grundsätze gesetzet waren. Was ist unanständiger, spricht dieser heilige Abt: *) was ist unwürdiger, besonders in dem obersten Priester, als ich sage, nicht täglich
son=

---

*) Lib. I. de Confid. Cap. 4.

sondern fast stündlich sich Geschäften solcher Art überlassen? Inzwischen ist es doch nur gar zu wahr, daß man deinen Pallast nicht von den Gesetzen des Herrn, sondern von den Gesetzen Justinians beständig erschallen höret. In Wahrheit, dieses ist unerträglich! Ich mache dich selbst zum Richter, spreche dir selbst das Urtheil. Ich müßte mich sehr irren, wenn dieser so nichtswürdige Mißbrauch, nicht eine der wichtigsten Ursachen deiner Gewissensunruhe wäre. Es war dem heil. Bernardus nicht unbewußt, daß der Pabst mit einem ganzen Schwarm gewinnsüchtiger Höflinge umgeben wäre, die ihn durch verschiedene Scheingründe, die Schranken seiner Macht zu überschreiten verleiteten, weil sie ihre eigene Vortheile dabey fanden. Er warnet ihn vor dergleichen Betrügern. Diejenigen, spricht er:*) die dieses behaupten wollen, können nicht zeigen, wo ein Apostel sich zum Richter über die Menschen, oder zum Austheiler der Gränzen, und des Erdbodens gesetzt hätte. Ich lese, daß die Apostel vor den Richterstühlen gestanden sind, um gerichtet zu werden; daß sie aber gesessen

---

*) Ibid. Cap. 6.

sessen wären, um zu richten, lese ich nicht. Also erstreckt sich eure Gewalt über die Sünden, nicht über die Besitzungen; indem ihr die Schlüssel zum Reiche der Himmel wegen jenen, nicht wegen diesen empfangen habet. — — — Diese geringschätzige und irdische Dinge haben ihren eigenen Richter, die Könige und Fürsten der Erde, warum dringet ihr in fremde Gränzen ein! warum strecket ihr eure Sichel in fremde Aernte aus?

34. Es gestehet weiters dieser heilige Lehrer, daß der Pabst alles besitzt, was der erste Staathalter Jesu Christi, Petrus, besaß. Er zeiget aber zugleich auf das nachdrücklichste, daß alles dieses nichts weniger als eine Herrschaft wär. Petrus hat gegeben was er hatte, das heißt, die Sorge der Aufsicht über die Kirche. Ist dieß die Herrschaft? Man höre ihn: Nicht durch die Herrschaft über das Erbtheil des Herrn, sagt er, sondern indem er das Muster der Heerde wurd. Und damit du nicht glaubest, daß dieß mehr der Ausdruck der Demuth sey, so höre was der Herr im Evangelio sagt: Die Könige der Nationen beherrschen sie, und diejenigen, welche Ge-

walt

walt über sie ausüben, werden Wohlthäter genannt; ihr aber sollet nicht also thun. Die Absicht Christi ist deutlich, er untersagt die Herrschaft den Aposteln. Nun gehe hin, versuche es, wenn du das Herz hast, dir das Apostelamt anzumassen, du, der du nichts als ein Lay bist, oder die Gewalt der Herrschaft; du, der du ein Apostel bist. Beydes zusammen ist dir verboten, du wirst die eine und die andere Gewalt verlieren, wenn du beyde zugleich besitzen willst; und denke nicht, daß du von der Anzahl derjenigen ausgenommen seyest, über welche sich Gott folgendermaßen beklagt: Sie haben geherrschet, aber ohne meinen Willen, sie sind zur Herrschaft gelangt, aber ohne daß ich es wußte.

35. Machen wir nun den Schluß, daß, weil nach Lehre des heiligen Bernardus die Gewalt der Kirche sich nur über die Sünden, nicht aber über die Besitzungen, über Kronen, Szepter und Königreiche erstrecket, folglich ganz geistlich, und von aller weltlicher Herrschaft weit entfernet ist; die Landesfürsten in der Ausübung ihrer Gewalt keiner andern Macht, als nur allein der göttlichen untergeordnet seyn. Nicht

der

der Kirche, nicht dem Staathalter Chriſti, nicht den Nachfolgern der Apoſtel, nicht dem römiſchen Hofe, noch ſeinen Höflingen, ſondern Gott allein ſind ſie von allem dem, was ſie mit der Völle ihrer Macht unternehmen, Rechenſchaft ſchuldig.

36. Eben dieſe Sprache führten die heiligen Väter. Da über den Kaiſer (ſpricht der heilige **Optat** von **Milevis** *) niemand geſetzet iſt, als Gott allein, ſo den Kaiſer gemacht hat, ſo überſteiget **Donatus** (durch ſeinen Ungehorſam und Halsſtärrigkeit gegen die rechtmäßige Gewalt des Kaiſers) faſt die Gränzen der Menſchlichkeit, indem er ſich über den Kaiſer erhebt, und ſo zu ſagen mehr ein Gott als Menſch zu ſeyn glaubet; da er jenen nicht verehret, den die Menſchen nach Gott fürchten.

37. Die Pflicht für die Beobachtung der Geſetze des Herrn zu wachen, war dem Prieſterthume des alten Bundes nicht weniger eigen, als ſie dem Prieſterthume des neuen Bundes eigen iſt. Kraft dieſer Geſetze des alten Bundes mußten die Ehe-

---

*) Lib. III. cap. 3.

brecher und Todschläger mit der Strafe des Todes belegt werden. David machte sich beyder Laster schuldig, und dennoch spricht er: Herr, dir allein hab ich gesündiget! *) Die Ursache dieses königlichen Bekenntnisses giebt gar schön der heilige Ambrosius, sprechend: **) Er war ein König, keine Gesetze verbanden ihn. Weil über die Verbrecher der Könige kein Richter gesetzet ist, auch durch keine Gesetze zur Strafe können gezogen werden, indem sie durch die Macht ihrer Herrschaft gesichert sind. Er sündigte also nicht einem Menschen, weil er keinem Menschen unterworfen war.

38. Wenn jemand aus dem Volke fehlet (schreibt Kassiodor über den 50ten Psalm) so sündiget er wider Gott und den König; wenn aber der König sündiget, so ist er vor Gott allein schuldig: weil kein Mensch gesetzet ist, der über seine Handlungen das Urtheil sprechen darf. Es sagt also der König billig, daß er Gott allein gesündiget habe; denn Gott ist es allein, der seine Uebertretungen erforschen und untersuchen kann.

39.

---

*) Pf. 50.
**) Apol. I. David. Cap. X. a. 51. Tom. I. pag. 692.

39. Gleiche Gesinnungen veranlaßten den heiligen Gregor Bischof zu Tours dem König Kilderik in folgenden Ausdrücken anzureden: *) Wenn jemand aus uns Bischöfen o König die Schranken der Gerechtigkeit überschreitet, so kann er von dir bestraft werden; wenn aber du fehlest, wer wird dich zurecht weisen? Wir reden dir zwar zu, und ermahnen dich, aber du hörest uns, wenn es dir gefällig ist; wenn du aber nicht willst, wer wird dich verurtheilen, außer derjenige, der von sich gesprochen hat, daß er die Gerechtigkeit selbst sey. Diesem füget er gleich hinzu: Du hast das Gesetz und die heiligen Kirchensatzungen, diese mußt du sorgfältig betrachten, und wenn du dich alsdenn nach ihren Vorschriften nicht verhaltest, so wisse, daß dir das Gericht, nicht des Pabstes, noch des römischen Hofes, sondern das Gericht Gottes bevorstehe.

40. Hier verdienen noch die Worte des heiligen Isidors, Bischofs von Sebilien, angeführt zu werden. Es geschieht schwerlich, (spricht er **) daß ein mit
La-

---

*) Lib. V. Hist. Franc. Cap. 18.
**) In Decret. Ivon. Carnot. part. XVI. C. 42.

Lastern verwickelter Fürst auf den rechten Weg wieder zurückkehre. Das ausschweifende Volk fürchtet den Richter; die Könige aber, wenn sie nicht bloß die Furcht Gottes und der ewigen Strafen zurückhaltet, sinken ungehindert in den Abgrund, und fallen über die steile Höhe der Freyheit in alle erdenkliche Laster. Darum ist es die Pflicht des Fürsten, sich vor allen Fehltritten zu hüten, damit nicht seine ungestraften Ausschweifungen Antrieb und Anlaß geben zu sündigen.

41. Möchten doch dieser einhelligen Lehre der Väter einige neuere Kanonisten des römischen Hofes etwas aufmerksamer nachdenken! vielleicht würden sie sich schämen, fernerhin zu behaupten: daß die Kirche, worunter sie ihren Grundsätzen gemäß allzeit nur den Pabst oder den römischen Hof verstehen, durch jenes stillschweigende von ihnen erdichtete Bündniß, kraft welchem sich die Fürsten mit ihrem ganzen Staate dem Pabst vollkommen unterwerfen, die Macht erhalten, mit ihnen nach Belieben zu handlen; ihnen nicht nur geistliche, sondern auch weltliche Gesetze vorzuschreiben, sie im Fall einiger Uebertretung des Thrones zu entsetzen, und ihre

Un-

Unterthanen von der Pflicht des Gehorsams und der Treue loszusprechen. Es soll mich nicht gereuen, unsern lieben Landmann all das Falsche, Lügenhafte, und Ungegründete, dieser, das demüthige Reich Jesu Christi so sehr herabsetzender Lehre mit mehrerem aufzudecken.

42. Die Kirche hat keine andere Macht, als die ihr von ihrem Stifter überlassen worden; eine Macht, die ihrem Endzwecke ganz angemessen ist. Dieser ist ganz geistlich, folglich kann auch die Macht der Kirche keine andere, als eine bloß geistliche seyn. Könige aber und Fürsten ihrer Würde entsetzen, sie des Thrones berauben, die Unterthanen gegen sie aufwiegeln, sind gewiß keine Handlungen der geistlichen Macht: folgsam sind sie auch der Kirche untersagt.

43. Aber wollte nicht Christus, daß seine Kirche bis an das End der Zeiten bestehe, und aufrecht erhalten werde? Mußte er ihr also nicht auch die ergiebigsten Mittel dazu verleihen? Oder sollte man wohl glauben, daß er seine Kirche kraftlos, und ohne alle Mittel, sie zu erhalten, verlassen habe? Gesetzt nun (so fahren unsere Gegner fort zu vernünfteln:) es ge-
sche-

schehe, daß ein König oder Fürst von der Lehre des Evangeliums abweiche, und alles anwende, auch seine Unterthanen zu so einem schändlichen Abfall zu bringen, daß er die Kirche verfolge, über die Heerde Gottes gleich einem grimmigen Wolf wüthe, alle Grenzen der Gerechtigkeit überschreite, alles, was heilig und Gott geweiht ist, angreife: ist in dergleichen Umständen der Zustand der Kirche nicht der elendeste, und sollte sie nicht Macht haben, so einen Tyrann ausser den Stand zu setzen, daß er ihr ferners nicht mehr schaden könne? Und wie kann dieses füglicher geschehen, als wenn der Pabst so einen abtrinnigen Verfolger der Heerde Christi seiner Würde beraubt, und dergestalt herabsetzet, daß ihm niemand mehr unterworfen, niemand Treue und Gehorsam schuldig sey? Als Christus zu den Petrus sprach: **Weide meine Schafe**, so wurde ihm ja zugleich alle Gewalt gegeben, die ihm zur Beschützung der Heerde nöthig war, folglich auch die Macht, die Wölfe, worunter die Ketzer oder Verfolger, wären sie auch schon Könige, verstanden werden, von dem Schafstalle zu entfernen, und ihnen die Kräfte, zu schaden, zu benehmen.

D 2   44.

44. So flügeln jene, die von der Verfassung der Kirche und ihrem Verhältnisse gegen den Staat nur nach ihren schwachen Einsichten, und verworrenen Begriffen zu urtheilen gewohnet sind. Der ächte Christ hingegen, der den Geist des Christenthumes kennet, und seine Einsichten dem Evangelio, und der Ueberlieferung unterwirft, denkt viel anderst. Er sieht das Reich Jesu Christi nur als ein Werk der allmächtigen Hande Gottes an, welches ohne allen äusserlichen Zwang und Gewaltthätigkeiten bestehen kann. Durch die theuerste Verheißungen des Sohns Gottes gesichert, weiß er, daß die Kirche Gottes bis an das Ende der Zeiten bestehen werde; er weiß, daß die Porten der Höllen nichts wider sie vermögen werden; er weiß aber auch, daß es nicht äusserliche Zwangsmittel und Gewaltthätigkeiten, sondern nur der Beystand ihres göttlichen Stifters sey, der sie jederzeit ihren Feinden erschrecklich, und ihren Verfolgern unüberwindlich machen wird. Er sieht sie zwar als eine vollkommene Gesellschaft an, die mit all jenem versehen ist, was ihr zur Erlangung ihres über alles Irdische erhabenen Endzwecks nöthig ist. Doch scheuet er sich darunter auch eine Macht zu zählen, die selten gute Wirkungen hervorbringet: alle-

zeit

zeit aber Aufruhren, Verwirrungen, Blut-
vergießen, Spaltungen, und Uneinigkeiten
anrichten kann.

45. Alles, was die christliche Gesellschaft von Verfolgern und gottlosen Fürsten
bitteres fürchten kann, hat ihr Christus
gleich bey ihrem Ursprunge vorgesagt; von
einer Macht aber sich durch Gewaltthätigkeiten zu schützen, macht er nicht die ge-
ringste Meldung. Sie werden euch (spricht
er zu den ersten Verkündigern, und in diesen auch zu ihren Amtsfolgern *) ihren
Rathsversammlungen überliefern, und
euch in ihren Synagogen geiseln, und
man wird euch meinetwegen vor Land-
pfleger und Könige führen, ihnen und
den Heiden zum Zeugnisse. Sie werden ihre Hände an euch legen, und
euch verfolgen. Ihr werdet bey jederman um meines Namens willen verhaßt seyn——— und doch wird kein
Haar von eurem Haupte zu Grunde
gehen. Wie dieses? vielleicht gab ihnen
Christus die Macht, ihre Verfolger zu verfolgen? sie ihrer Würde zu entsetzen? ihnen die Kräfte zu benehmen? oder sie
we-

---

*) Math. X. ⁊. 17. seqq. Luc. XXI. ⁊. 12. seqq.
Marc. XIII. ⁊. 19. seqq.

wenigstens durch augenscheinliche Wunderzeichen blind, taub, krumm, lahm, und gichtbrüchig zu machen? Nein, auf alles dieses dachte der Stifter der Kirche nicht. **Kein Haar soll** in diesen betrübten Umständen **von dem Haupte der Verkündiger des Evangeliums zu Grunde gehen,** noch vielweniger also die ganze Kirche, aber nicht durch Hilfe zeitlicher und gewaltthätiger Mittel; sondern: **Durch eure Geduld werdet ihr eure Seelen besitzen.**

46. Die Geduld also sind die Waffen der Kirche, durch diese wird sie ihren Endzweck erreichen. Ihre Diener und Gewaltsträger werden bey jederman um Christi Namens willen verhaßt seyn, aber nicht jene, die sich mit Gewaltthätigkeiten vertheidigen, sondern die, so geduldig bis an das Ende verharren, werden selig werden. Sie werden unter ihren Verfolgern seyn, wie die Schafe unter den Wölfen: aber in eben dieser Verfassung ist ihnen von ihrem Lehrmeister und Gesetzgeber kein einziges Zwangsmittel vergönnet worden. Er ermahnet sie vielmehr klug zu seyn, wie die Schlangen, und unwehrhaft, wie die Tauben. *) Er tröstet sie in ihren

---

*) Matth. X. ꝟ. 16.

künftigen Verfolgungen nur damit, daß er selbst verfolget worden. Sie werden euch (spricht er *) aus den Synagogen stossen. Ja es kömmt die Stunde, daß ein jeglicher, der euch tödtet, vermeinen wird, er leiste Gott einen Dienst; das werden sie euch thun, dieweil sie weder meinen Vater, noch mich erkennen. — — Wenn euch also die Welt hasset, so wisset, daß sie mich ehe, als euch, gehasset habe. Wenn ihr von der Welt wäret, hätte die Welt das Ihrige lieb, dieweil ihr aber nicht von der Welt seyd, sondern ich euch aus der Welt erwählet habe, darum hasset euch die Welt. Gedenket an das Wort, das ich euch gesagt habe: der Knecht ist nicht größer, denn sein Herr. Wenn sie mich verfolget haben, so werden sie euch auch verfolgen; dieses aber alles werden sie euch thun, um meines Namens willen, dieweil sie den nicht kennen, der mich gesandt hat. **)

47. Die Beyspiele der Apostel zeigen uns, wie tief ihren Herzen die Lehre ihres Meisters eingedrücket war. Sie sahen

bald

---

*) Joan. XVI. ⸸. 2.
**) Joan. XV. ⸸. 18.

bald nach der Auffahrt Jesu Christi die Erfüllung seiner Weissagungen. Trübsall, Widerwärtigkeiten, Verfolgungen stürmten über sie; und ob sie schon selben zu widerstehen mächtig genug gewesen wären, indem nach einer einzigen Predigt des Petrus 3000 Seelen getauft wurden, *) ein andersmal aber die Zahl derjenigen, die der Rede zugehöret und geglaubt hatten, gegen 5000 waren, **) die Menge der Männer und Weiber, die an den Herrn glaubten, immer mehr und mehr zunahm. ***) Die Zahl der Jünger vermehrte sich gewaltig zu Jerusalem; und eine große Menge der Priester unterwarf sich selbst dem Glauben, ****) die alle mit gewafneter Hande gegen ihre Verfolger hätten ausziehen können; ob sie schon jenes, was sie durch Gewaltthätigkeit nicht zu zwingen, doch durch Wunderzeichen, die ohnehin allem Volke Furcht und Schrecken einjagten, auszuführen wären im Stande gewesen; dennoch der ausdrücklichen Lehre ihres Meisters ingedenk, giengen sie fröhlich von dem Angesichte des

---

*). Act. Cap. II. v. 41.
**) Act. Cap. 4. v. 4.
***) Ibid. Cap. V. v. 14.
****) Ibid. Cap. VI. v. 7.

des hohen Raths hinweg, weil sie um des Namens Jesu willen sind würdig gehalten worden, verschmähet zu werden. *)

48. Ist nun die Macht böse, tyrannische Fürsten und Könige abzusetzen, sich auch äusserlicher Zwangsmittel, im Fall die geistliche nichts mehr fruchten, zu bedienen der Kirche nöthig? Kann sie ohne dieser ihren Endzweck nicht erlangen; kann sie sich ohne dieser bis ans Ende der Zeiten in ihrem Wohlstande nicht erhalten; warum wird diese in der Einbildung unserer Gegner so nothwendige und wesentliche Gewalt, dieses so zuträgliche Mittel in dem Evangelio von Christo nicht bestimmet? Warum überzeuget uns sowohl die Lehre, als die Beyspiele des Erlösers und seiner Apostel von dem Gegentheile? Warum war diese Macht und dieses Hilfsmittel durch eilf Jahrhunderte unbekannt? Oder soll man dem römischen Hofe zu lieb von dem Evangelio, und von der Ueberlieferung abweichen, um einer Lehre anzuhangen, die schon darum falsch, irrig, und lügenhaft ist, weil sie neu ist?

---

*) Act. Cap. VI.

49. Nicht Jesus Christus, nicht die Apostel, nicht ihre getreue Nachfolger die heiligen Väter waren die Urheber dieser schändlichen Lehre: sondern Isidor brachte sie im 9ten Jahrhunderte in seinen erdichteten Gesetzbriefen auf die Bahn, und Gregor der Siebente übte sie im 10ten Jahrhunderte das erstemal gegen Heinrich den Vierten aus. Er vergaß der hellesten Zeugnisse der Väter, die ihn gewiß von so einem ärgerlichen Schritte würden zurückgehalten haben, wenn er mehr für die Wahrheit, als für die Ausführung seines Entwurfes einer Universalmonarchie geeifert hätte.

50. Lehret der heilige Gregor von Nazianz nicht ausdrücklich, daß der Kirche wider Julian den Abtrinnigen kein anderes Hilfsmittel übrig sey, als das Flehen, die Thränen, und die Geduld. Doch endlich (spricht er*) wurde er zurückgehalten durch die Güte Gottes, und durch die Thränen der Christen, die viele häufig vergossen. Welches auch das einzige Hilfsmittel wider den Verfolger ist.

51. Eben so glaubte auch der heilige Ambrosius, daß ihm nicht erlaubt sey,

---

*) Orat. I. in Julian.

Valentinian dem Jüngern auf eine andere Art zu widerstehen, als mit Thränen und Geduld. Da ich gezwungen werde, so weiß ich nicht zu widerstehen: so seufzte dieser heilige Bischof. *) Ich kann trauren, ich kann weinen, ich kann seufzen; auch wider die Waffen, wider die Kriegsvölker der Gothen sind mir meine Thränen anstatt der Waffen; anderst kann und darf ich nicht streiten. Als der Kaiser den Arianern in Mayland eine Kirche einzuraumen Befehl ertheilte, gestehet dieser heilige Kirchenprälat offenherzig, daß es ihm nicht zustehe, dem Fürsten mit Gewaltthätigkeit zu widerstehen, wenn er auch wirklich könnte. Das Volk erweckte eine Aufruhr: wie sich aber dieser apostolische Hirt in diesen Umständen verhielte, erzählet er selbst folgendermassen: *) Es wurde mir aufgetragen, das Volk zu zähmen, ich aber antwortete, daß ich meinerseits nichts mehrers thun könne, als daß ich selbes nicht aufhetze. In der Hand Gottes stehe es, selbes zu besänftigen; und endlich, wenn sie mich den Aufwiegler zu seyn glaubten, daß sie sich auch an mir rächen, oder

mich

**) Orat. in Auxent.
*) Lib. V. Epist. 33.

mich in die abgelegnesten Wüsten, wohin es ihnen beliebet, versenden müßten. — — Ich kann die Kirche nicht übergeben, aber streiten darf ich auch nicht. Ich habe Waffen, deren Stärke darinn bestehet, daß ich Macht habe, mein Leben im Namen Christi darzugeben.

52. Jene, so mit **Gregor dem Siebenten** glaubten, daß die Kirche nicht nur das geistliche, sondern auch das sichtbare und weltliche Schwert als ihr Eigenthum besitze, würden ihren Irthum in der Lehre dieses heiligen Vaters auf das deutlichste widerlegt gefunden haben; denn er spricht von diesen zwey Schwertern viel anders, aber auch den evangelischen Maximen viel gleichförmiger, als die römische Hofkanonisten. Vernehmen wir seine eigenen Worte: *) Warum befiehlst du, o Herr! ein Schwert zu kaufen, das du mir doch zu tragen verbietest? Warum willst du mich mit etwas versehen wissen, dessen Gebrauch du mir untersagest? — Doch das Gesetz verbietet nicht, sich zu rächen. Und vielleicht sprach Christus darum zu den Petrus, als er zwey Schwer-

---

*) Exp. in Luc. Cap. XXII.

Schwerter hervorbrachte: Es ist genug; gleichsam als wäre es erlaubt gewesen, bis zur Einsetzung des neuen Bundes. Vielen dünket dieses unbillig zu seyn. Aber der Herr ist nicht unbillig, der, da er sich hätte rächen können, viel lieber wollte getödtet werden. Denn das geistliche Schwert bestehet darinn, daß du deinen Rock verkaufest, und Worte kaufest, mit welchen das Innerste des Geistes bekleidet wird. Dieses geistliche Schwert ist ein Schwert des Leidens, daß du deinen Leib dargebest, und mit den Uberbleibseln deines geopferten Fleisches die Marterkrone erkaufest.

53. Wie sehr würden die Absichten des mehr gemeldten Pabstes durch die Lehre des heiligen Johannes Chrysostomus beschämet worden seyn, wenn er diese seiner Aufmerksamkeit gewürdiget hätte! Wie treflich würde ihn dieser große Lehrer unterrichtet haben, wie weit er mit den ausschweifenden Heinrich schreiten darf! Dem König (spricht dieser heilige Bischof *) sind die Leiber überlassen, dem Bischof die Seelen; jener zwinget, dieser ermah-

---

*) Hom. 4. in Ifai.

mahnet; jener führet sichtbare und äusserliche Waffen; dieser ist nur mit geistlichen Waffen ausgerüstet. Wir finden in den Schriften des alten Bundes, daß die hohe Priester die Könige gesalbet. Aber der König Ozias überschritte die Schranken seiner Macht: er wollte sie erweitern; dahero trat er mit Ansehen und Macht in den Tempel, in willens, das Rauchwerk anzuzünden. Was wird hier der hohe Priester thun? Es ist dir nicht erlaubt, nach den Rauchfaß zu greifen. Siehe die priesterliche Freyheit, siehe aber auch zugleich ein Gemüth, das keine Gewaltthätigkeit kennet! — — Der König zur priesterlichen Ermahnung gehörlos, von Hochmuth aufgeblasen, trat in den Tempel. Was wird aber Gott thun, nachdem der hohe Priester verachtet, und die priesterliche Würde verletzet ward? Nachdem der Priester nichts mehr thun konnte; (denn dem Priester stehet es nur zu, dem Ausschweifenden seine böse Handlungen zu verweisen, ihn frey und unbeherzt zu ermahnen, nicht aber zu den Waffen zu greifen) nachdem also der Priester ermahnet und verwiesen hat, der König aber von seiner Bosheit nicht zurück=

rückgewichen; da ruffet der Priester billig zu Gott: Ich habe gethan, was bey mir stund; meine Macht erstrecket sich nicht weiter; komm also du dem Priesterthume zu Hilfe, welches zu Boden geworfen wird.

54. Wie merklich sind doch die Grundsätze, aus welchen Chrysostomus schrieb, von jenen, aus welchen Gregorius und seine Nachfolger handelten, unterschieden? Sie fürchteten, daß die Kirche zu Grunde gehen müßte, wenn es ihr an der Gewalt, boshafte Fürsten abzusetzen, ermangelte, und sie es als Oberhirten der Kirche versehen thäten, die ganze Strenge dieser Gewalt ausschweifende Regenten fühlen zu lassen. Aber die gründlichste Versicherungen eben dieses heiligen Lehrers würden auch diese Frucht vertilget haben, indem die Päbste daraus ersehen hätten, worinn der Wohlstand so, wie die ganze Stärke der Kirche bestehe. Sowohl zur Auferbauung unserer heutigen Kurialisten, die eben diese Furcht nur gar zu oft erschüttert, als auch zur Warnung für unseren lieben Landmann wider die murrischen Klagen dieser Zaghaften: beyden zur Ueberzeugung, daß die Kirche als ein Werk der Hand Gottes keiner menschlichen Hülfsmittel, noch äusserlicher Ge-

waltthätigkeiten bedarf, setze ich die ganze Stelle des heiligen Chrysostomus hieher: Gott liebet (spricht er *) seine nicht mit Mauern umgebene, sondern mit dem Glauben befestigte Kirche. Wegen der Kirche sind die Propheten erleuchtet, wegen der Kirche die Apostel gesandt worden: und was soll ich noch mehr sagen; wegen der Kirche ist der eingeborne Sohn Gottes Mensch geworden, und wie Paulus spricht: Er verschonte seines eigenen Sohnes nicht, daß er der Kirche zu Hilfe käme; für die Kirche vergoß er das Blut seines Sohnes, mit diesem Blute wird die Kirche begossen, und darum können ihre Pflanzen nicht verwelken, noch verlieren ihre stets grünende Bäume die Blätter. Sie ist weder dem Schicksale der Zeit, noch verschiedenen Beschaffenheiten unterworfen, sondern die Gnade des heiligen Geistes regieret sie. Und darum eraltet sie nicht, darum kann sie nicht geschwächet, noch unterdrückt werden. Auch damals, wenn sie wirklich von allen Seiten bestürmet wird. Wie viele bestritten die Kirche gleich Anfangs, als der Saame

des

---

*) Hom. in Pentecost.

des Glaubens gesäet wurde; wie muthig ergriffen ihre Feinde die Waffen wider sie? Aber jemehr sie angefochten wurde, desto glänzender waren ihre Siege. ——— Die Könige waren Tyrannen; die Heerführer Wütteriche; das Volk war den Aufruhren, und Mäuterehen ergeben; an allen Orten und Enden wurden Befehle wider die Christen kund gemacht.——— Nichts destoweniger, wo sind itzt alle die, so die Kirche stürzen wollten? Da sie noch neu errichtet, und gewissermaßen kraftlos war, konnte sie nicht im geringsten verletzet werden; glaubest du wohl, daß sie ietzt, da sie ihr Haupt bis in die Wolken empor geschwungen, könne gestürzet werden? Da nur eilf Apostel waren, die dieses göttliche Gebäude unterstützten, konnte sie keine irdische Macht überwinden: da hingegen diese kleine Schaar die ganze Welt unter das Joch des Glaubens gebracht, und jetzt, da das feste Land, und die Meere, alle Länder, Städte, und Dörfer bis an die Gränzen der Welt mit dem Lichte des Glaubens erleuchtet sind: glaubest, daß du die Kirche überwältigen könnest? Nein, du bist zu schwach: was befestiget sie aber so gewaltig?

worinn bestehet diese ihre ausserordentliche Stärke? Sind es vielleicht jene weltliche Zwangsmittel, die unsre neuere Lehrer aus dem göttlichen Rechte herleiten wollen? Ist es das Rechte, Gewaltthätigkeiten gegen die Verfolger auszuüben? Ist es die Oberherrschaft über Königreiche, Throne, und Szepter? Ist es die Macht, bösen Regenten die Krone von ihrem Haupte zu schlagen, sie mit einem Leo dem Neunten und Julius dem Dritten mit gewaffneter Hand anzufallen, sie zu verfolgen? Ohne diese Mittel, Ohne dieser Gewalt könnte die Kirche nach dem System Gregors und seiner Thronfolger nicht bestehen. Aber dem heiligen Chrysostomus war diese Macht, und die aus selber entstandene Stärke unbekannt. **Jesus Christus** (fährt er fort) **hat für sie gelitten, und darum werden die Porten der Höllen nichts wider sie vermögen. Eher werden Himmel und Erde vergehen, als die Kirche zu Grunde gehen kann. Du bist Petrus, und auf diesen Felsen will ich meine Kirche erbauen; und die Porten der Höllen sollen sie nicht überwältigen. Auf diesen Felsen;** er sprach nicht auf den Petrus; denn nicht auf ei-

nen

nen Menschen, sondern auf den Glauben hat er seine Kirche erbauet. Was war aber der Gegenstand dieses Glaubens? Du bist Christus der Sohn des lebendigen Gottes. Er vergleichet seine Kirche mit einer Felsen, die zwar von den Wellen geschlagen wird, aber dennoch nicht wanket: denn sie erträgt alle Anfälle, ohne überwunden zu werden. Was will das sagen: Auf diesen Felsen: gewiß nichts anders, als auf das gethane Bekenntniß, auf die Sprache der Gottseligkeit. Fragest du vielleicht: ob auch Steine, Gehölze, und Eisen zu diesem Gebäude nöthig seyen? Nein, antwortet er: denn es ist kein sichtbares irdisches Gebäude; denn wäre es ein solches, so würde es in der Folge der Zeiten zu Boden sinken. Das Bekenntniß des Glaubens aber können weder die höllische Mächte, noch irgend ein Geschöpf überwinden. Dieses bezeugen die Martyrer, derer entkräftete Körper gepeiniget, ihr Glaube aber nicht geschwächet wurde. O wunderbare Anordnung! Die Mauern werden umgeworfen, der verborgene Schatz aber

aber nicht geraubet. Das Fleisch wird verwundet, und in Stücke zertheilet, aber der Glaube bleibt unverletzt. Dieß ware die Stärke der Martyrer: denn auf diesen Felsen will ich meine Kirche erbauen, und die Porten der Höllen sollen sie nicht überwältigen. Aber warum entfernet er nicht auch alle feindselige Anfälle? Die Ursache ist: damit er die Stärke seiner Kirche zeige. Wenn sie niemand bestreiten könnte, würden ihre Feinde glauben, daß sie gewiß unterliegen müßte, wenn sie angefochten würde; darum läßt er es zu, daß sie bestürmet werde. Damit der Sieg dem Glauben, nicht den äusserlichen Zwangsmitteln von Seiten der Kirche, oder der Schwachheit von Seiten ihrer Feinde zugeschrieben werde. Sie wird angefochten, aber nicht überwunden werden; sie haltet alle Stürme aus, ohne zu sinken; brennende Pfeile fliehen, doch wird sie von keinem getroffen; ganze Gerüste werden wider sie aufgestellet, aber ihre Vormauern bestehen in ihrer Stärke. Und was sage ich die Kirche: ein Wort hat ihr Beschützer gesprochen, und sie stehet gleich einem festen Thurme unbewegweglich. Wie viele Tyrannen bemüheten sich, dieses Wort zu zernichten, aber vergebens: denn es war auf einen Felsen gegründet. Betrachte nur die ungeheure Zahl der Tyrannen, und Könige, die geschärfte Schwerter, die den Tod drohen, die Zähne der Bestien, glühende Feueröfen, siedende Kesseln, eiserne Hacken, ganze Peingerüste. Dergestalt hat der Satan zwar seinen Köcher ausgeleeret, aber die Kirche nicht im geringsten beschädiget; denn die Porten der Höllen werden sie nicht überwältigen. So dachte der heilige Chrysostomus von der Macht und Stärke der Kirche wider ihre Verfolger.

55. Was die Lehre, von der Gewalt ausschweifende Regenten abzusetzen, und ihr untergebenes Volk von der Pflicht des Gehorsams und der Treue loszusprechen, noch verdächtiger macht, ist: daß sich bis zu den Zeiten Gregors des Siebenten genugsame Fälle ereignet haben, in welchen die Ausübung dieser Macht nicht nur höchst nützlich, sondern um dem Uebel desto wirksamer abzuhelfen, höchst nothwendig gewesen wäre; die heiligen Päbste aber sich niemals getraueten, zu so einem ge-

waltsamen Mittel Zuflucht zu nehmen: nicht vielleicht aus Demuth, oder aus dem Bewußtseyn ihrer Schwäche, sondern weil sie überzeugt waren, daß ihnen diese dem Evangelio gerade widersprechende Gewalt nicht zustehe.

56. **Valens** war ein Arianer, ein Verfolger der Kirche, seine wider die Katholiken verübte Grausamkeiten vermehrten fast täglich die Zahl der Martyrer. Damasus, ein heiliger Pabst, führte das Steuerruder der Kirche. Warum ließ er den Tyrann herrschen? Warum griff er ihn nicht mit der Völle seiner ganzen Macht an? War er zu schwach? Aber in Orient herrschte Valentinian, ein gerechter, mäßiger, frommer Fürst; ein Feind der Arianer, ein eifriger Anhänger und Vertheidiger der Nizäischen Glaubensentscheidung. Würde wohl dieser den heiligen Pabst hilflos verlassen haben, im Fall er zu schwach gewesen wäre, den Tyrann vom Throne zu stürzen? Die **Deutschen**, die **Mauren**, die **Quaden** erfuhren durch ihre öftere Niederlagen die Stärke der Waffen **Valentinians**: wie bereitwillig würde sie dieser fromme Kaiser auf Ansuchen des Oberhirten der Kirche wider den Feind Gottes gewendet haben, und welche Siege wären zu hof=

hoffen gewesen, absonderlich, wenn der heilige Petrus den Verfolger all seiner Macht und Stärke beraubet hätte, wie er es bey Heinrichen hätte thun sollen? Jedoch vielleicht hielt den heiligen **Damasus** die Demuth zurück? Aber die Demuth ist dort keine Tugend, wo die Rechtsache Gottes den hohen Priester das Schwert zu zücken heißt. Er zückte es nicht, weil er es nicht hatte, weil er es nicht konnte.

57. Wem ist es unbekannt, wie eifrig der Kaiser **Zeno** die Anhänger des **Eutyches** in ihren Unternehmungen wider die heilige allgemeine Versammmlung zu **Kalzedo** unterstützte. Gewiß wurde dadurch die Kirche Gottes auf das empfindlichste gekränket: und dennoch fiel es den heiligen Päbsten **Simplizius** und **Felix dem Dritten** nicht bey, dem Uebel dadurch abzuhelfen, daß sie den Kaiser seiner Würde entsetzten.

58. Wie grausam auch der Kaiser **Anastasius** wider die Vertheidiger der allgemeinen Versammlung zu **Kalzedo** wüthete, so erkannten ihn doch drey heilige Päbste, **Gelasius, Symmachus**, und **Hormisdas** bis an ihr End für ihren rechtmäßigen Fürsten. Hatten sie aber Gewalt den Kaiser abzusetzen, so sind sie gewiß für die ge-

E 4   schwor-

schwornesten Feinde der Kirche anzusehen, daß sie es zum Besten der Religion nicht gethan.

59. Johannes der Erste, anstatt den grausamen Theodorik, König in Italien, von dem Throne zu stürzen, zeigte vielmehr seine Unterthänigkeit gegen ihn, als er die ihm aufgetragene Gesandtschaft nach Konstantinopel an den Kaiser Justinus verrichtete. Welch eine vortheilhafte Gelegenheit hätte sich da für den heiligen Pabst ereignet, den griechischen Kaiser wider den gottlosen Beschützer der Arianer aufzubringen, die eigene Schwäche mit der Macht des Justins zu unterstützen, und durch den Umsturz des Verfolgers alle zukünftige Verfolgungen, sowohl von der Kirche, als von sich selbst abzuwenden! Allein Johannes lebte zu einer Zeit, in welcher die Anhänger und Nachfolger Jesu Christi noch glaubten, daß, wenn ein böser Fürst herrschet, der die Heerde Gottes von allen Seiten quälet, und mit unzähligen Trübsalen überhäufet, eben diese Qualen und Trübsalen den größten Werth empfangen: weil alsdann die Zeit der Belohnungen und des Sieges ist: die Zeit der Krönung; der Vergeltung die Zeit das Aechte, das Wahre, das

Standhafte der Tugend zu zeigen. *)
Es zeigte sich auch auf das herrlichste in dem heiligen Pabst, als er nach vollendeter Gesandtschaft auf Befehl des Gottlosen für den Glauben in dem Kerker verschmachtete.

60. Leo der Isaurier unterließ nichts, was ihn in der Geschichte unter die Zahl der Feinde Gottes versetzen, und als einen Verfolger der Kirche ewig verhaßt machen konnte. Er ließ die Bildnisse des Erlösers und seiner Heiligen von den Altären herabstürzen. Die Verehrung derselben wollte er in dem ganzen Reiche vertilget wissen; jene, so seinen boshaften Unternehmungen widerstunden, ließ er auf das grausamste hinrichten. Er drohete Gregor dem Zweyten mit den bittersten Verfolgungen, wenn er sich nach seinem Willen nicht bequemen, und das Bildniß des heiligen Petrus auch zu Rom aus der Hauptkirche wegschaffen würde. Welche Waffen ergriff der Pabst? Er ermahnte ihn in dem Geist der Liebe, von seinem bösen Beginnen abzustehen; ohnehin würde er zu schwach seyn, selbes auszuführen. Denn (spricht er **) der gan-

---

*) S. Chrysost. lib. adv. Gent.
**) Baron. Tom. IX. ad An. 726. pag. 70.

ganze Occident opfert dem heiligen Petrus, dem Fürsten der Apostel, die Früchte des Glaubens: wenn du also jemanden hieher sendest, sein Bildniß zu zerstören, so sehe zu. Ich bezeuge feyerlichst, daß ich unschuldig sey an dem Blut, welches sie (die occidentalischen Mächte) vergiessen werden; du wirst auf das empfindlichste dabey hergenommen werden. Als sich der Kaiser zu dieser väterlichen Ermahnung, und liebreichen Wahrnung des Oberhirten der Kirche gehörlos bezeigte, sah sich dieser genöthigt, weiter zu schreiten. Alles, was er wider den Kaiser unternahm, war: daß er ihn von der Gemeinschaft der Kirche trennte: Du verfolgest und quälest mich (schreibt er an den Leo *) mit kriegerischer und fleischlicher Hand auf das grausamste. Ich aber wehrlos, und blos, weil ich keine äusserliche und zeitliche Kriegsmacht besitze, rufe zu den Fürsten der Kriegsheere zu Jesu Christo, der über alle Kriegsheere erhoben ist, um Hilfe, daß er dich dem Satan überlasse, wie der Apostel spricht: **) daß ein solcher dem Satan soll übergeben werden zum Verderben des Fleisches, auf daß der
Geist

---

*) Baron. ibid. pag. 74.
**) I. Cor. ⅴ. 5.

Geist seelig werde. So weit durfte Gregor der Zwente mit dem lasterhaften Kaiser schreiten. Im übrigen, als die Italiener selbst geneigt waren, sich einen andern Kaiser zu erwählen, und den Leo zu entsetzen, hielt sie der Pabst zurück, und ermahnte sie, daß sie ihre dem römischen Reiche, und dem Kaiser schuldige Liebe und Treue nicht hindansetzen sollen. Luitprand, König der Longobarden überfiel mit seinem Kriegsvolke Raveen, und die umliegende Landschaften unter dem Scheine des Eifers für die Religion: weil er den Kaiser, der die Ehre Gottes und seiner Heiligen bestritt, den Katholiken zu gebieten unwürdig zu seyn glaubte. Der Pabst widerstund auch diesem unbescheidenen Eifer, und wandte alles an, was in ihm war, dem Kaiserthume die angefallene Landschaften zu erhalten.

61. Diese Beyspiele, und die schon oben weitläufig angeführte Zeugniße der Väter möchten vielleicht den heiligen Petrus Damiani, einen Vertrauten Gregors des Siebenten veranlasset haben, alle von diesem Pabste angewandte äusserliche Zwangsmittel wider ausschweifende Fürsten als etwas sehr Ungeräumtes zu verabscheuen:

Denn

Denn (spricht er *) was kann dem christlichen Gesetze mehr zuwider laufen, als Böses mit Bösem vergelten? — — — Gleichwie der Sohn Gottes allen Widerstand der tobenden Welt, nicht durch die Strenge der Rache, sondern durch die unüberwindliche Herrlichkeit einer standhaften Geduld überwunden hat; eben so lehret er uns die Tobsucht der Welt lieber geduldig zu übertragen, als die Waffen zu ergreifen, und den Beleidigern mit Beleidigungen zu begegnen: absonderlich da zwischen dem Reich und dem Priesterthume jedwederem Theile seine eigene Handlungen bestimmet sind; so daß sich der König der weltlichen Waffen gebrauche, der hohe Priester aber sich mit dem Schwert des Geistes, welches das Wort Gottes ist, umgürte: denn von dem weltlichen Fürsten sagt Paulus: er trage das Schwert nicht umsonst, denn er ist ein Amtsdiener Gottes, als Rächer zur Strafe über den, der Böses thut. Den König Azarias ergrif der Aussatz, weil er sich des Priesteramtes anmaßte; was verdienet aber wohl der hohe Priester, wenn er die Waffen,

die

---

*) Lib. 4. Epist. 9. ad Olderic. Firman.

die den Layen zustehen, ergreifet? — —
— Wer begreift es nicht, welch eine schändliche Unordnung es sey, wenn die Kirche selbst das verübet, was sie andern verbietet. Wenn sie andern eine unverbrüchliche Geduld prediget, sie selbst aber wider ihre Kinder im Zorn ergrimmet. Und wirklich, wie getrauet sich der Bischof für die Vereinigung der Uneinen mit herzhaftem Muthe zu eifern, wenn er selbst wider seine Beleidiger unversöhnlich nach Rache dürstet. Unter allen Edelgesteinen der Tugenden, die der Weltheiland auf die Erde gebracht, ließ er uns zum Unterrichte die Liebe und die Geduld mit vorzüglichem Schimmer hervorleuchten. Mit diesen Tugenden gestärket, erbaueten die Apostel die Kirche, und mit eben dieser Stärke erduldeten ihre Verfechter, die heilige Martyrer, verschiedene Peynen des Todes. Wenn es also nicht erlaubt ist, für den Glauben, durch welchen die ganze allgemeine Kirche lebt, sich der äusserlichen Waffen zu bedienen, wie können zur Erhaltung irdischer und zergänglicher Kirchenschätze ganze geharnischte Kriegsheere aufgestellet werden? Unsere heiligen Vorfahrer verschonten die Heiden

den und Ketzer, ob sie schon nicht zu schwach gewesen wären, selbe zu Grunde zu richten; sie opferten sich lieber für den Glauben dem Tode. Wie kann also der Gläubige seinen Mitgläubigen wegen Verlust geringschätziger Dinge mit gezücktem Schwert anfallen? Wendet mir jemand ein, daß auch Leo (dieses Namens der Neunte) öfters an der Spitze der Kriegsheere bewaffnet erschienen, und dennoch ein Heiliger sey: so entdecke ich frey meine Gesinnungen. Weder Petrus erhielt darum den Vorzug in dem Apostelamte; weil er seinen Meister verläugnete; weder David wurde darum mit der Gnade der Weissagung begabet, weil er das Ehebett eines andern befleckte. Weil das Gute oder Böse nicht von der Person, sondern aus der innerlichen und wesentlichen Beschaffenheit der Handlung abzumessen ist. Leset man wohl, daß dieses auch ein heiliger Gregorius gethan oder gelehret habe, der so viele Plünderungen und Gewaltthätigkeiten von der Grausamkeit der Longobarden geduldig ertragen? Hat wohl auch Ambrosius den seine Kirche verheerenden Arianern einen leiblichen Krieg angekündiget?

Hat

Hat sich jemals ein heiliger Pabst wider seine Verfolger empört?

62. Der heilige Petrus Damiani war nicht der einzige, der sich wider so ein gräuliches Verderbniß seiner Zeit auflehnte; die Geschichte zeiget, daß die unerhörte Unternehmung Gregors des Siebenten durch ihre Neuheit fast die ganze christliche Welt in Bewegung und Erstaunen setzte. Ich lese und überlese (spricht Otto, Bischof von Freising, ein gelehrter und aufrichtiger Geschichtschreiber des 12ten Jahrhunderts *) die Thaten der römischen Könige und Kaiser, ich finde aber nicht, daß jemals einer vor, Heinrich dem Vierten von dem römischen Pabst wäre in den Bann gethan, oder des Reichs beraubet worden.

63. Der Pabst Hildebrand, (schreibt die Geistlichkeit zu Lüttich **) der der Urheber dieser neuen Trennung ist, war der erste, so die priesterliche Lanze wider die Reichskrone erhob. welcher römische Pabst hat es jemals verordnet,

daß

---

*) De gestis Friderici I. Cap. I.
**) Epist. contra Pascal II. pro Leodegariis 1103,

daß sich der Pabst des Kriegsschwertes gegen die Sünder gebrauchen sollte? Gregorius der Erste zeigte, wie alle seine Vorfahrer hierüber dachten; da er an den Diakon Sabinian folgendermassen schrieb: Eines ist, was du unserm gütigsten Herrn vortragen sollest, daß, wenn ich, ihr Diener, in den Tod der Longobarden eingewilliget hätte, dieses Volk heute weder Könige, noch Feldherrn mehr hätte; weil ich aber Gott fürchte, so fürchte ich mich auch zu dem Tode nur eines einzigen Menschen mitzuwirken. Dieses Beyspiel war allen nachfolgenden Päbsten verehrungswürdig, bis auf den letzten Gregorius, nemlich den Pabst Hildebrand, welcher der erste sowohl sich als seine Nachfolger mit dem Kriegsschwert wider den Kaiser ausrüstete. Eben so schreibt auch Godfried von Viterbo, *) Trithemius, **) Onuphrius Panvinius, ***) und viele andere alte und neuere Schriftsteller.

64.

---

*) Chron. part. 17.
**) In Chron. Hirsaug. ad An. 1106.
***) Lib. IV. de varia Creatione Rom. Pont.

64. Zuletzt verdienet noch das selbst eigene Bekenntniß des an die Stelle Heinrichs eingesetzten Rudolphs, Herzogs aus Schwaben, angeführet zu werden: welches er kurz vor seinem Tode, den ihm eine tödtliche Wunde zubrachte, vor seinem ganzen Kriegsvolke abgelegt. Ihr sehet (sprach er) meine verwundte und bluttriefende Rechte, mit dieser leistete ich meinem Herrn dem Kaiser Heinrich den Eid der Treue; aber der apostolische Befehl, und das dringende Bitten der Bischöfe verleitete mich dazu, daß ich als ein Eidbrüchiger nach einer mir nicht gebührenden Würde griff. Ihr sehet nun, in welch trauriges Schicksal wir gerathen sind, da ich in der Hand, mit welcher ich meinen Eidschwur brach, eine tödtliche Wunde empfieng. Sehen also jene zu, die uns zu dieser schändlichen That angetrieben, damit wir nicht vielleicht auch in den Abgrund der ewigen Verdammniß gerathen seyn. *)

65.

---

*) Helmold. Chron. Slav. Albert Studita ad An. 1080.

65. Alles dieses glaube ich genug zu seyn, unsern lieben Landmann zu überzeugen, daß jene, die in unseren durch die preiswürdige Regierung eines weisen und gottseligen Fürsten beglückten Zeiten immer nur nach den Zeiten **Gregors des Siebenten, Innozenz des Vierten,** und **Bonifazius des Achten** seufzen, nicht von dem Geist des Christenthumes und der Wahrheit, sondern vielmehr von dem Geist der Uneinigkeit und des Zwietrachts beseelet seyn. Dieses soll ihn bewegen, dergleichen Unzufriedene, wären sie auch schon mit der geheiligten Würde des Priesterthumes angethan, nicht anders als boshafte Verächter und Lästerer der Lehre Jesu Christi anzusehen, zu verabscheuen, und ihren lügenhaften Lehren kein Gehör zu geben. Dieses soll ihn ohngeachtet aller Einblasungen vieler unter dem Deckmantel des Religionseifers versteckter Aufrührer in beständiger Liebe, Treue, und Verehrung gegen unseren libenswürdigen Monarchen erhalten; denn dieses ist vor Gott angenehm.

(Die Fortsetzung folgt.)

Druckfehler.

21	Seite	19	Zeile	fanden	lies fanden.
21	— —	20	— —	Pflichten	— Pflichten.
38	— —	23	— —	der	— die.
47	— —	9	— —	Verbrecher	— Verbrechen.
58	— —	7	— —	10ten	— eilften.
63	— —	18	— —	Frucht	— Furcht.
71	— —	10	— —	konnte	— kannte.
72	— —	28	— —	Vergeltungs	— Vergeltung.
75	— —	11	— —	Raveen	— Ravenn.
75	— —	28	— —	Ungeräumtes	— Ungereimtes.